27 novembre 1909

PN

SIÈGES EN TAPISSERIE

ET

TAPISSERIES

DU XVIIIe SIÈCLE

Provenant de la

Collection de Madame la Marquise de F. S...

SIÈGES EN TAPISSERIE

ET

TAPISSERIES

DU XVIIIe SIÈCLE

CONDITIONS DE LA VENTE

Elle sera faite au comptant.

Les adjudicataires payeront *dix pour cent* en sus des enchères.

Paris. — Imp. Georges Petit, rue Godot-de-Mauroy. — [illegible]

CATALOGUE

DES

Sièges en Tapisserie

ET DE

TAPISSERIES

DU XVIIIe SIÈCLE

Provenant de la

Collection de Mme la Marquise de F. S...

ET DONT LA VENTE AURA LIEU A PARIS

HOTEL DROUOT, SALLE N° 6

Le Samedi 27 Novembre 1909

à quatre heures

COMMISSAIRE-PRISEUR

Me HENRI BAUDOIN

Successeur de Me PAUL CHEVALLIER

10, rue Grange-Batelière, 10

EXPERTS

MM. MANNHEIM

7, rue Saint-Georges

PARIS

EXPOSITIONS

PARTICULIÈRE : *Le Vendredi 26 Novembre 1909, de 1 h. 1/2 à 5 h. 1/2.*

PUBLIQUE : *Le Samedi 27 Novembre 1909* avant la vente, *de 1 h. 1/2 à 4 h.*

DÉSIGNATION

1 — Tapisserie du xviiie siècle, présentant *l'Amour et Psyché* entourés de petits amours étendus dans un paysage orné de buissons fleuris; au-dessus d'eux, le Temps, sur les nuées, à travers lesquelles voltigent d'autres amours portant ses attributs.

Haut., 2 m. 90; larg., 1 m. 90.

2 — Tapisserie du xviiie siècle, présentant *Henri IV et la belle Gabrielle* sous les traits de Renaud et Armide. Autour d'eux, des amours enlevant les armes du roi et deux guerriers regardant la scène. Fond de draperies étendues sur des arbres.

Haut., 2 m. 90; larg., 1 m. 90.

3 — Tapisserie du xviiie siècle : *la Pêche*, de la tenture de *la Noble Pastorale*, d'après Boucher.

Haut., 2 m. 90; larg., 1 m. [illegible]

4

81.000 Jansen

4 — Tapisserie du xviiie siècle, présentant un sujet de chasse dans la manière de Van Loo; au centre, une chasseresse sur un cheval blanc; auprès d'elle, un chasseur assis, qu'un valet est occupé à chausser; un jeune nègre lui amène son cheval; sur le côté, la meute et les faucons.

Haut., 2 m. 90; larg., 1 m. 90.

5 — Deux grands canapés, quatre marquises et huit fauteuils en bois laqué, couverts en tapisserie du xviiie siècle.

Les dossiers des canapés et des marquises présentent des scènes familiales, d'après Fragonard, Leprince, Baudouin, etc., et ceux des fauteuils, des sujets galants dans la manière de Boucher et autres maîtres du xviiie siècle.

Les sièges offrent des vases de fleurs d'après Salembier et des bouquets enrubannés, le tout se détachant sur fond crème.

Larg. d'un canapé, 1 m. 80.
Larg. d'une marquise, 62 cent.
Larg. d'un fauteuil, 55 cent.

6 — Écran en bois laqué, feuille en tapisserie du xviiie siècle présentant *la Surprise* d'après Baudouin.

Haut., 80 cent.; larg., 55 cent.

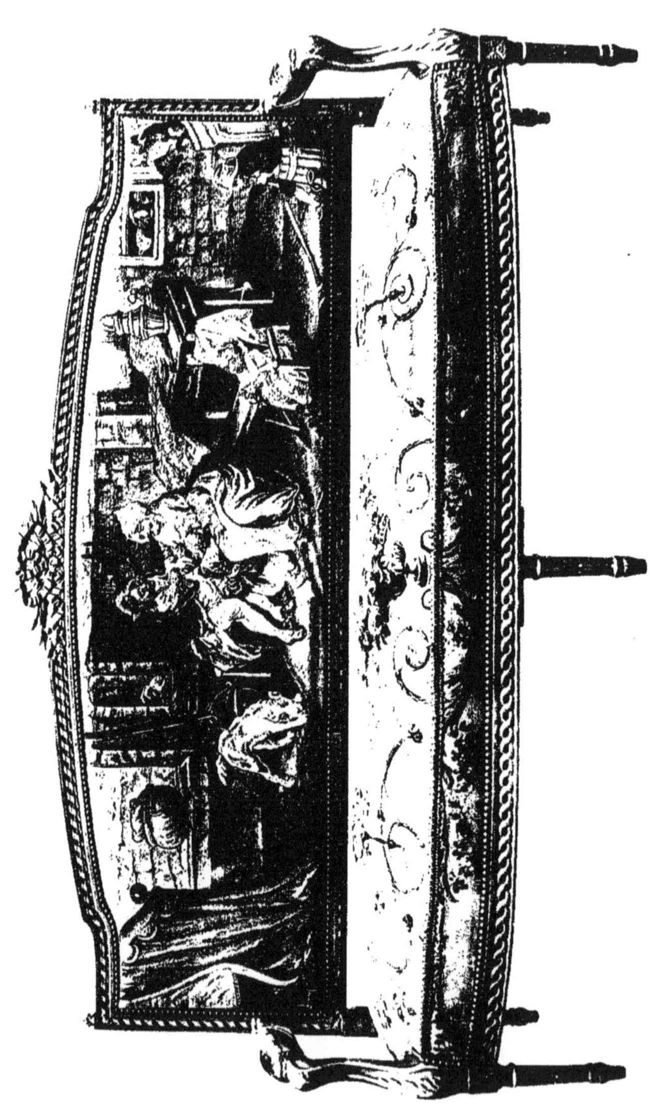

www.ingramcontent.com/pod-product-compliance
Ingram Content Group UK Ltd.
Pitfield, Milton Keynes, MK11 3LW, UK
UKHW021040260726
13994UKWH00005B/2270

9 782329 446011